W0413695

Dans la même collection :

Simon
Necronomicon

H.P. Lovecraft
Cthulhu : Le Mythe
Cthulhu : Le Mythe – Les Montagnes de la démence et autres récits
Cthulhu : Le Mythe – L'Affaire Charles Dexter Ward et autres récits
Les Contrées du Rêve

Donald Tyson
Le Grimoire du Necronomicon

S.T. Joshi
Les Chroniques de Cthulhu

Sébastien Baert
Cthulhu Metal : L'Influence du mythe

Collectif
Cthulhu : Les Créatures du Mythe

Alain T. Puysségur
Cthulhu – Survie en terres lovecraftiennes

H.P. Lovecraft – François Baranger
L'Appel de Cthulhu
Les Montagnes hallucinées – Tome 1
Les Montagnes hallucinées – Tome 2

H.P. Lovecraft – Armel Gaulme
Les Carnets Lovecraft : Dagon
Les Carnets Lovecraft : La Cité sans nom
Les Carnets Lovecraft : Les Rats dans les murs
Les Carnets Lovecraft : Le Molosse

www.bragelonne.fr

LES CARNETS LOVECRAFT

LE MOLOSSE

UNE NOUVELLE DE **H.P. LOVECRAFT**
ILLUSTRÉE PAR **ARMEL GAULME**

Traduit de l'anglais (États-Unis) par Arnaud Demaegd

BRAGELONNE

Collection dirigée par Stéphane Marsan et Alain Névant

Le Molosse (The Hound), 1922
Paru pour la première fois dans *Weird Tales,* en 1924

Tous droits réservés

© Bragelonne 2021, pour cette édition
© Bragelonne 2015, pour la présente traduction

Illustrations
© Armel Gaulme

ISBN : 979-10-281-1870-9

Achevé d'imprimer en janvier 2021 par Estella Print en Espagne
Dépôt légal : mars 2021

Bragelonne
60-62, rue d'Hauteville – 75010 Paris

E-mail : info@bragelonne.fr
Site Internet : www.bragelonne.fr

Howard Phillips Lovecraft (1890-1937), né et mort à Providence, est sans nul doute l'auteur fantastique le plus influent du XXᵉ siècle. Son imaginaire unique et terrifiant n'a cessé d'inspirer des générations d'écrivains, de cinéastes, d'artistes ou de créateurs d'univers de jeux, de Neil Gaiman à Michel Houellebecq en passant par Metallica.

Né en 1981 d'un père ethnologue et d'une mère grand reporter, **Armel Gaulme** est un illustrateur diplômé de Penninghen-Académie Julian. Inspiré par les artistes John Howe et Alan Lee, les écrits de Beatrix Potter ou les films de Wolfgang Reitherman, il est illustrateur pour la jeunesse, *concept artist* pour la publicité et l'industrie du divertissement, et enseignant. Il a publié au préalable aux Éditions Caurette *BESTiary* et *L'Homme qui voulut être roi*, version illustrée de la nouvelle de Rudyard Kipling.

Le Molosse est une nouvelle écrite par **H.P. Lovecraft en septembre 1922**, et publiée pour la première fois dans la revue *Weird Tales* **en février 1924**. Toujours influencé par Edgar Allan Poe, Lovecraft cite ici Charles Baudelaire et Joris-Karl Huysmans, représentants du décadentisme, mouvement dont se réclament les protagonistes de la nouvelle. À noter que celle-ci marque la toute première occurrence nominative du *Necronomicon* dans les écrits de Lovecraft.

/// UN SIÈCLE PLUS TARD... ///

Dès 2017, Armel Gaulme entreprend de retranscrire dans des carnets de croquis les images que lui inspirent les écrits de Lovecraft. Ce besoin compulsif constitue autant un hommage à Lovecraft, dont l'imaginaire a nourri le jeune artiste, qu'une forme de catharsis associée à une volonté de transmission. **En 2019**, ses premiers *Carnets Lovecraft* sont publiés...

LE MOLOSSE

MMXX

Dans mes oreilles torturées résonnent sans cesse des bruits de cauchemar, vrombissements, battements d'ailes et, dans le lointain, des aboiements rappelant quelque gigantesque chien de meute. Ce n'est pas un rêve – ni même, j'en ai peur, la folie –, car trop de choses se sont déjà produites pour qu'il me soit permis de me réfugier derrière ces hypothèses rassurantes. Il ne reste de Saint John qu'un cadavre mutilé ; moi seul sais pourquoi, et ce savoir est si effrayant que je me trouve sur le point de me faire sauter la cervelle, de peur de subir le même sort. Dans d'infinis couloirs ténébreux, dignes de l'imagination la plus délirante, rôde la noire, l'informe Némésis qui me conduit à l'anéantissement de moi-même. Puisse le ciel pardonner l'audace insensée et l'attrait morbide qui nous ont menés tous deux à un destin si monstrueux. Lassés des préoccupations quotidiennes d'un monde terre à terre où les gens sont même blasés des plaisirs du romantisme et de l'aventure, Saint John et moi nous tournâmes avec enthousiasme vers tout

mouvement esthétique et intellectuel promettant de nous soulager, ne fût-ce que momentanément, de l'ennui qui nous accablait sans relâche. Nous fîmes nôtres les énigmes des symbolistes et les extases des préraphaélites dès la naissance de ces courants mais, chaque fois, les approches inédites se vidaient vite, trop vite, de leur nouveauté et de leur attrait rafraîchissants. Seule la sombre philosophie des décadents parvint à nous tenir en haleine. Cependant, pour y trouver notre compte, nous devions nous enfoncer toujours plus loin dans

le diabolisme. Baudelaire et Huysmans cessèrent vite de nous passionner, si bien qu'à la fin, il ne nous resta plus qu'à éprouver personnellement les *stimuli* des aventures et expériences contre nature. C'est cette épouvantable quête d'émotions qui finit par nous conduire à la détestable entreprise que, même maintenant, malgré ma terreur, j'évoque timidement, honteusement ; je parle du blasphème le plus innommable, le plus méprisable que l'on puisse commettre envers l'humanité : le pillage de sépulture.

Je ne puis révéler les détails de nos écœurantes expéditions, ni dresser la liste, même partielle, des pires trophées ornant l'épouvantable musée que nous ménageâmes dans la grande maison de pierre que nous occupions ensemble, sans domestiques. Notre musée était un lieu maudit, impensable, où, forts d'un goût satanique de virtuoses névrosés, nous avions rassemblé un univers de terreur et de pourriture afin de réveiller nos sensibilités émoussées. La pièce se trouvait très loin sous terre. D'énormes démons ailés, sculptés dans le basalte et l'onyx, y vomissaient, par leur gueule figée dans un large rictus, une étrange lumière vert orangé ; des tuyaux cachés soufflaient sur de grandes tentures noires dont les lignes de motifs rouges imbriqués évoquant les charniers exécutaient des danses kaléidoscopiques et mortuaires. L'air craché par les tuyaux en question était parfumé au gré de nos humeurs et désirs : parfois, aux effluves de pâles lys funèbres, d'autres fois à l'encens narcotique que nous imaginions être l'odeur des sanctuaires où reposaient les rois d'Orient ;

d'autres fois encore – et je frissonne rien qu'en y repensant ! – aux remugles atroces, révoltants, qu'exhale la tombe fraîchement ouverte.

Aux murs de cette salle repoussante, les boîtes contenant d'antiques momies alternaient avec de beaux corps qui donnaient l'impression d'être en vie, tant leur embaumement était parfait, et avec des pierres tombales dérobées dans les plus vieux cimetières du monde. Ici et là, des crânes de formes diverses et des têtes préservées à différents stades de décomposition étaient exposés dans des niches. Il y avait aussi bien des crânes pourrissants et chauves de nobles célèbres que des têtes toutes fraîches, éblouissantes de blondeur, d'enfants tout juste enterrés. Et nous avions aussi des statues et des tableaux, représentant tous des sujets haïssables, et dont certains étaient l'œuvre de Saint John ou de moi-même. Un dossier à serrure relié en peau humaine contenait des dessins inconnus et inavouables qui, d'après la rumeur, avaient été commis par Goya, mais dont ce dernier n'aurait

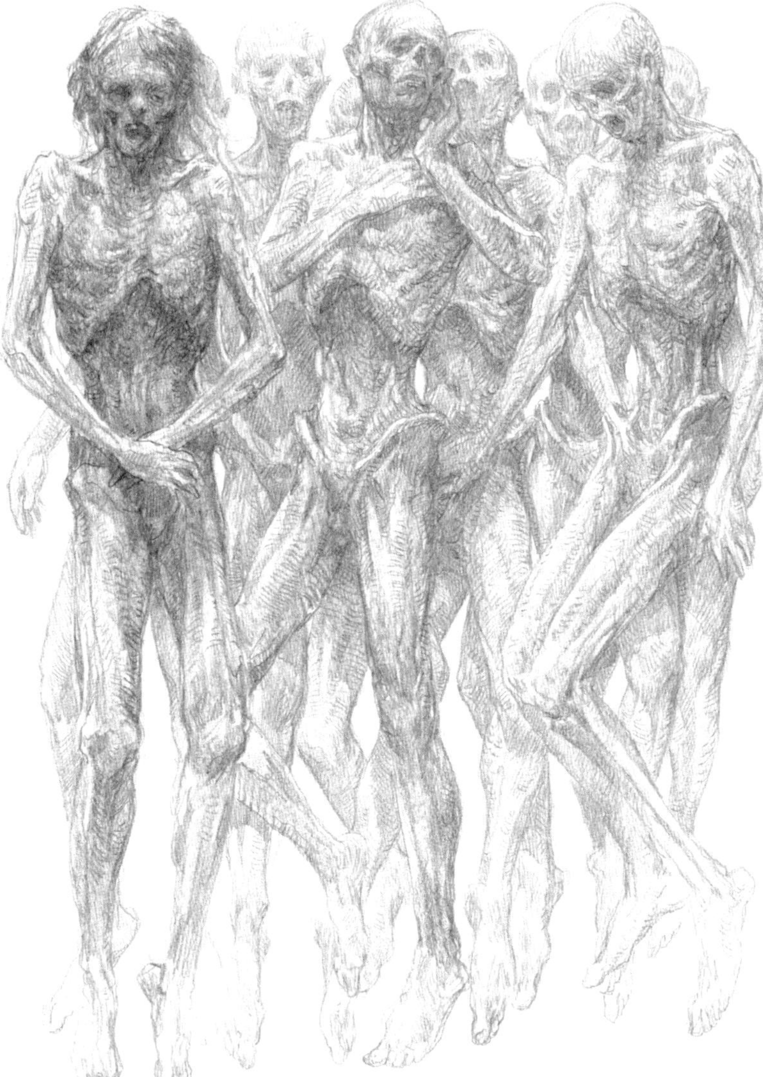

osé reconnaître la paternité. Et il y avait des instruments de musique ; des cordes, des cuivres, des bois, dont le point commun était qu'ils vous soulevaient tous l'estomac. Il nous arrivait, à Saint John et moi, d'en tirer des dissonances d'une exquise morbidité, d'une horreur démoniaque. Enfin, dans une multitude de placards d'ébène

marquetée, reposait la plus incroyable, la plus inimaginable collection de trophées recueillis dans des tombes jamais rassemblée par un esprit dérangé et pervers. C'est de ce butin en particulier que je ne souhaite pas parler. Dieu merci, j'ai trouvé le courage de le détruire bien avant d'avoir l'idée de me détruire moi-même.

Les raids au cours desquels nous récoltions nos trésors honteux étaient toujours des événements artistiques mémorables. Nous ne nous conduisions pas en vulgaires goules, mais n'œuvrions que dans des conditions bien précises ; l'état d'esprit était important, tout comme le décor, l'environnement, le temps, la saison et la luminosité de la lune. Notre passe-temps était pour nous la forme la plus raffinée d'expression esthétique, et nous accordions à ces détails techniques un soin pointilleux. Un moment mal choisi, une lumière déplaisante, un coup de pelle malheureux dans la tourbe humide, et c'en était pour ainsi dire fini du frisson extatique qu'engendrait l'exhumation de quelque dangereux et grimaçant secret. Notre quête de décors nouveaux et de conditions excitantes était fébrile, insatiable. Saint John jouait invariablement le rôle

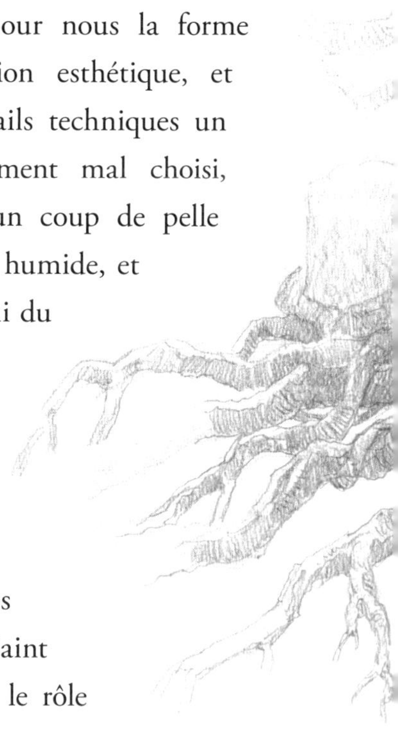

du meneur et ce fut lui, en fin de compte, qui nous conduisit jusqu'à cet endroit maudit et moqueur où se scella notre destin aussi terrible qu'implacable.

Quelle maligne fatalité nous attira dans ce lugubre cimetière de Hollande ? Je pense que ce fut la rumeur, la sombre légende selon laquelle, depuis cinq cents ans, y était enterré un être qui, en son temps, avait été une goule, et avait volé quelque artefact de pouvoir dans le sépulcre d'un puissant. Alors même que je vis mes derniers instants, je revois la scène : la pâle lune d'automne brillant sur les tombes en leur arrachant de longues ombres sinistres ; les arbres grotesques se voûtant, maussades, pour aller frôler l'herbe laissée à l'abandon et les stèles croulantes ; les innombrables légions de chauves-souris anormalement grandes voletant devant le disque lunaire ; l'antique église,

envahie par le lierre, pointant un doigt spectral vers le ciel livide ; les insectes phosphorescents dansant comme des feux follets, à l'écart, sous les ifs ; les odeurs de pourriture, de végétation et d'autres choses plus inexplicables,

se mélangeant discrètement au vent nocturne venu de mers et marais reculés ; et, pire que tout, les lointains aboiements rauques d'un énorme molosse que nous ne voyions pas ni ne situions précisément.

Malgré l'éloignement, dès que nous entendîmes ce chien, nous frissonnâmes en nous rappelant les récits des paysans ; car des siècles plus tôt,

celui que nous cherchions avait été retrouvé à cet endroit même, déchiqueté et mutilé à coups de griffes et de crocs par quelque bête impensable.

Je nous revois manier nos pelles. Que de sensations nous éprouvions à nous trouver dans cette tombe, sous le regard de la lune blême, au milieu des ombres effrayantes, des arbres difformes, des chauves-souris titanesques, avec cette vieille église, ces feux follets dansants, ces odeurs écœurantes, ce vent de minuit qui gémissait doucement et ces étranges aboiements venus de nulle part, que nous n'étions pas certains de vraiment entendre. Soudain, nos pelles heurtèrent une surface plus dure que l'humus moisi. Nous contemplâmes une boîte oblongue dont le bois vermoulu était incrusté de dépôts minéraux, témoins de son long séjour sous terre. Elle était incroyablement solide et épaisse, mais si vieille que nous parvînmes à la forcer pour nous délecter du spectacle de son contenu.

Son occupant était bien conservé ; étonnamment bien, même, si l'on considérait qu'il avait passé cinq siècles dans son cercueil. Bien que broyé ici et là par les mâchoires de la créature qui l'avait tué, le squelette était d'un seul tenant, ce qui ne laissait pas de nous surprendre ; nous exultâmes en découvrant son crâne propre et blanc, avec ses longues dents et ses orbites vides où, jadis, ses yeux avaient brûlé d'une fièvre morbide semblable à la nôtre. Au fond de la bière reposait une amulette de forme curieuse et exotique. Selon toute apparence, le dormeur l'avait portée autour du cou. Elle représentait, de manière bizarrement stylisée, une créature ailée et tapie ; un chien, ou un sphinx au visage semi-canin. La sculpture du petit bijou de jade vert était exquise, dans un antique style oriental. L'expression de ses traits était repoussante à l'extrême, car elle évoquait à la fois la mort, la bestialité et le mal. Sur le pourtour de sa base étaient gravés des caractères que ni Saint John ni moi ne pûmes identifier ; dessous, tel le sceau d'un fabricant, était dessiné un crâne formidable de difformité.

À peine avions-nous posé les yeux sur cette amulette que nous éprouvâmes le désir ardent de la posséder. Ce butin était notre récompense logique et suffisante pour avoir pillé cette tombe séculaire. Nous l'aurions désirée, quand bien même sa silhouette ne nous aurait rien rappelé ; mais en y regardant de plus près, nous vîmes qu'elle ne nous était pas tout à fait étrangère. Si elle était effectivement inconnue de tout amateur sain et équilibré d'arts et de littérature, nous identifiâmes en elle une chose évoquée dans le *Necronomicon*, ouvrage interdit de l'Arabe dément Abdul Alhazred : l'effrayant symbole spirituel d'un culte nécrophage de l'inaccessible Leng, en Asie centrale. Nous ne reconnûmes que trop bien les sinistres caractéristiques données par le vieux démonologue lorsqu'il décrivait l'obscure manifestation surnaturelle de l'âme des profanateurs et mangeurs de morts.

Nous nous emparâmes donc de l'objet de jade, jetâmes un dernier regard au crâne blanchi et aux orbites vides de son propriétaire, puis remîmes la tombe dans l'état où nous l'avions trouvée. En repartant au plus vite de ce détestable endroit, l'amulette une fois rangée dans la poche de Saint John, nous eûmes l'impression de voir toutes les chauves-souris s'abattre sur la terre que nous venions juste de fouiller, comme pour y chercher quelque nourriture malsaine et maudite. Mais la blême lune automnale brillait faiblement, si bien que nous ne pouvions être sûrs de nous. De même, le lendemain, alors que notre bateau quittait la Hollande pour regagner notre pays, nous crûmes entendre dans le lointain l'aboiement d'un énorme molosse. Mais le pâle vent automnal soufflait tristement, si bien que nous ne pouvions être sûrs de nous.

Moins d'une semaine après notre retour en Angleterre, des choses étranges commencèrent à se produire. Nous vivions en reclus ; seuls, sans amis ni serviteurs, nous occupions quelques pièces d'un vieux manoir bâti au milieu d'une lande morne et déserte. Il était donc rare qu'un visiteur vienne déranger notre quiétude. Mais désormais,

nous étions fréquemment réveillés la nuit par des bruits de tâtonnements non seulement aux portes, mais aux fenêtres, et aussi bien à l'étage qu'au rez-de-chaussée. Un soir, nous crûmes voir un grand corps opaque obscurcir la fenêtre de la bibliothèque, alors que la lune brillait de l'autre côté. Une autre fois, nous eûmes l'impression

d'avoir entendu un bourdonnement ou un battement d'ailes, non loin. Dans tous les cas, nos recherches ne révélèrent rien, si bien que nous commençâmes à mettre ces bruits et visions sur le compte de notre seule imagination qui, par ailleurs, nous faisait toujours entendre les mêmes lointains aboiements que lorsque nous nous trouvions dans le cimetière hollandais. L'amulette de jade reposait dans une niche de notre musée, et il nous arrivait d'allumer devant elle des bougies aux senteurs étranges. Le Necronomicon d'Alhazred nous renseigna amplement sur ses propriétés, mais aussi sur les liens entre les âmes de goules et les créatures que le bijou symbolisait. Ce que nous lûmes nous troubla. Puis vint la terreur.

La nuit du 24 septembre 19…, on frappa à la porte de ma chambre. Pensant qu'il s'agissait de Saint John, j'invitai mon visiteur à entrer. Pour toute réponse, j'entendis un rire strident. Il n'y avait personne dans le couloir. J'allai réveiller Saint John, qui jura ne rien savoir de l'incident et se montra bientôt aussi inquiet que moi. C'est au cours de cette même nuit que la réalité des aboiements sur la lande devint aussi certaine qu'effroyable. Quatre jours plus tard, alors que nous nous trouvions tous deux dans notre musée caché, nous distinguâmes un grattement prudent à l'unique porte qui menait à l'escalier secret donnant sur la bibliothèque. Nous en fûmes doublement angoissés, car, en plus de notre peur de l'inconnu, nous avions toujours craint que notre macabre collection soit découverte. Nous éteignîmes toutes les lumières puis, nous avançant vers la porte, nous l'ouvrîmes à la volée ; aussitôt, nous sentîmes un inexplicable courant d'air et entendîmes un mélange insolite de bruissements, de ricanements et de jacassements articulés qui

semblait s'éloigner. Nous n'essayâmes même pas de déterminer si ces perceptions étaient le fruit de la folie ou du rêve, car nous nous aperçûmes, avec la plus noire appréhension, que ce bavardage semblant venu de nulle part était, sans l'ombre d'un doute, en néerlandais.

Après quoi nous vécûmes dans une horreur et une fascination grandissantes. La plupart du temps, nous étions d'avis que nos plaisirs contre nature nous faisaient sombrer dans la démence, mais il nous plaisait parfois davantage de nous croire victimes d'un destin sinistre et inévitable.

Les manifestations étranges étaient devenues si fréquentes que nous en avions perdu le compte. Notre demeure isolée paraissait habitée par un être maléfique dont la nature nous échappait et, chaque nuit, les aboiements démoniaques se faisaient entendre de plus en plus fort sur la lande venteuse. Le 29 octobre, dans la terre meuble sous la fenêtre de la bibliothèque, nous découvrîmes une série d'empreintes absolument indescriptibles. Elles nous déconcertèrent autant que les hordes toujours plus nombreuses de chauves-souris géantes qui hantaient le vieux manoir.

L'horreur atteignit son apogée le 18 novembre, lorsque Saint John, en rentrant de la gare lointaine à la nuit tombée, fut happé par une horrible chose carnivore qui le tailla en pièces. Entendant ses hurlements depuis la maison, j'accourus sur le lieu du massacre. J'arrivai à temps pour entendre un bourdonnement d'ailes et apercevoir la silhouette noire et vague d'une créature se découpant sur la lune montante. Lorsque je questionnai mon ami, il n'était plus en mesure de me répondre de manière intelligible, car il était mourant. Il ne put que murmurer :

— L'amulette… cette maudite amulette…

Puis il s'effondra, masse inerte de chairs lacérées.

Je l'enterrai à minuit dans nos jardins à l'abandon. Devant sa dépouille, je marmonnai l'un de ces rituels diaboliques qu'il avait tant aimés de son vivant. Et, alors que je prononçais la dernière phrase démoniaque, j'entendis au loin, sur la lande, les aboiements étouffés d'un chien gigantesque. La lune était levée, mais je n'osai la regarder. Lorsque je vis, sur l'étendue mal éclairée,

une grande ombre nébuleuse bondir de tertre
en monticule, je fermai les yeux et me jetai
au sol à plat ventre. Après m'être relevé,
sans savoir combien de temps
s'était écoulé, je rentrai,

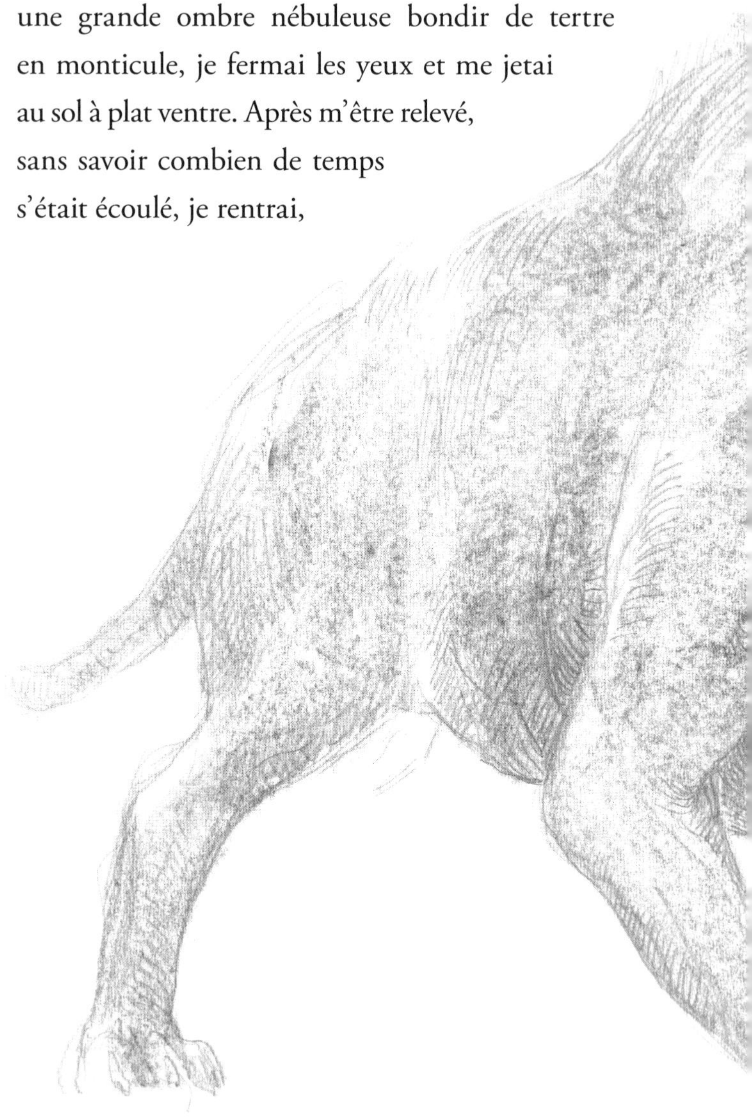

tremblant, titubant, pour aller me prosterner comme un impie devant l'amulette de jade que nous avions si précieusement conservée.

Craignant désormais de vivre seul dans notre vieille demeure de la lande, je partis le lendemain pour Londres en emportant l'amulette, non sans avoir au préalable brûlé puis enterré le reste de notre collection blasphématoire. Mais au bout de trois nuits, je recommençais à entendre les aboiements et, moins d'une semaine plus tard, je sentais peser sur moi un étrange regard dès qu'il faisait noir. Un soir que je me promenais sur le quai Victoria pour prendre l'air, je vis une forme noire cacher le reflet d'un lampadaire, sur la Tamise. Sentant souffler une bourrasque plus forte que le vent nocturne, je compris que j'allais bientôt connaître le même sort que Saint John.

Le lendemain, j'emballai soigneusement l'amulette et embarquai pour la Hollande. J'ignorais si le fait de restituer l'objet au dormeur silencieux allait me valoir la clémence de mon poursuivant, mais je devais au moins essayer toute démarche qui me semblerait un tant soit peu logique. Je ne savais toujours pas vraiment ce qu'était ce chien, ni pourquoi il me poursuivait ; cependant, j'avais entendu ses aboiements pour la première fois dans la vieille nécropole, et tout ce qui avait suivi, y compris les dernières paroles de Saint John, avait contribué à relier la malédiction au vol de l'amulette. C'est pourquoi je sombrai dans le désespoir le plus profond en m'apercevant, alors que je séjournais dans une auberge de Rotterdam, que des voleurs m'avaient délesté de mon unique planche de salut.

Les aboiements furent encore plus forts cette nuit-là et, le lendemain matin, je lus dans le journal qu'un acte d'une brutalité sans nom avait été perpétré dans le quartier le plus infâme de la ville. La populace était terrorisée, car s'était abattue sur un taudis une mort rouge qui éclipsait les pires crimes du voisinage. Dans un sordide repaire de voleurs, une famille tout entière avait été déchiquetée par une chose inconnue qui n'avait laissé aucune trace ; toute la nuit, les voisins avaient entendu, malgré la clameur habituelle des ivrognes, les grognements rauques et obstinés d'un énorme chien.

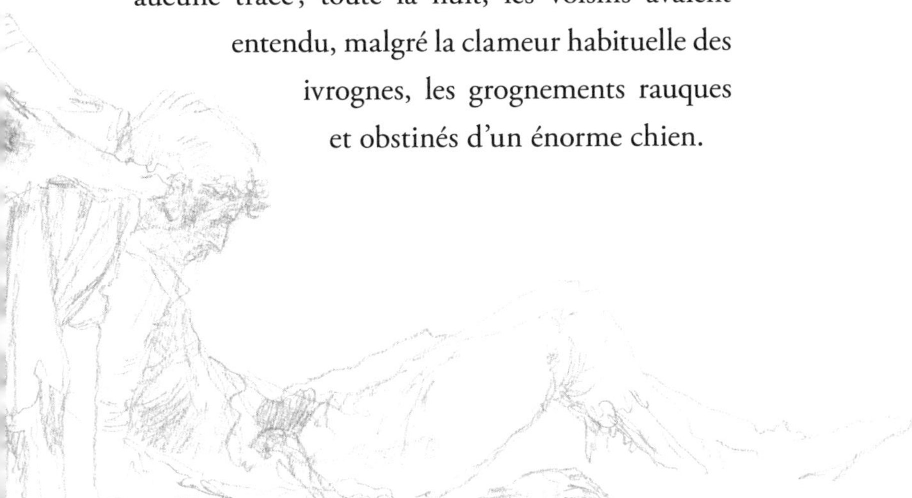

Je me trouvais donc de retour dans ce cimetière malsain, où la pâle lune d'hiver jetait ses ombres hideuses, au milieu des arbres sans feuilles qui se voûtaient, maussades, de l'herbe gelée et des stèles croulantes; l'église, envahie par le lierre, pointait un doigt moqueur vers le ciel menaçant, et le vent nocturne venu de mers et marais gelés hurlait comme un dément. L'aboiement était redevenu lointain, et cessa tout à fait lorsque je m'approchai de l'antique tombe que j'avais violée et fis fuir la horde anormalement nombreuse de chauves-souris curieuses voletant autour des lieux.

Je ne sais pourquoi j'étais revenu, sinon pour prier ou bredouiller de folles excuses à la chose blanchâtre qui reposait en silence dans la tombe. En tout cas, j'attaquai la terre à demi gelée avec un désespoir qui était à la fois mien et inspiré par une impérieuse volonté extérieure. La tâche s'avéra beaucoup plus facile que prévu. À un moment, cependant,

un incident bizarre m'interrompit : un vautour famélique s'abattit du ciel glacé pour picorer frénétiquement la terre retournée. Je dus le tuer d'un coup de pelle. Enfin, j'atteignis la boîte oblongue vermoulue, dont je retirai le couvercle humide et nitreux. Ce fut là la dernière action rationnelle de ma vie.

En effet, tapi dans le vieux cercueil, étreint par d'énormes chauves-souris musclées, cauchemardesques compagnes endormies, se trouvait le squelette que mon ami et moi avions dépouillé ; il n'était plus propre et tranquille, mais recouvert de sang séché, de lambeaux de chair et de maigres touffes de cheveux, et il me lorgnait de ses orbites phosphorescentes, tout en montrant ses crocs aiguisés et ensanglantés dans un rictus moqueur – sans doute inspiré par mon destin inéluctable. Et lorsque sortit de ses mâchoires béantes un aboiement sardonique
semblable à

celui d'un énorme chien, lorsque je vis qu'il tenait dans ses griffes sales et sanglantes l'amulette maudite, je ne pus que hurler et m'enfuir comme un dément, mes cris tournant bientôt aux éclats de rire hystériques.

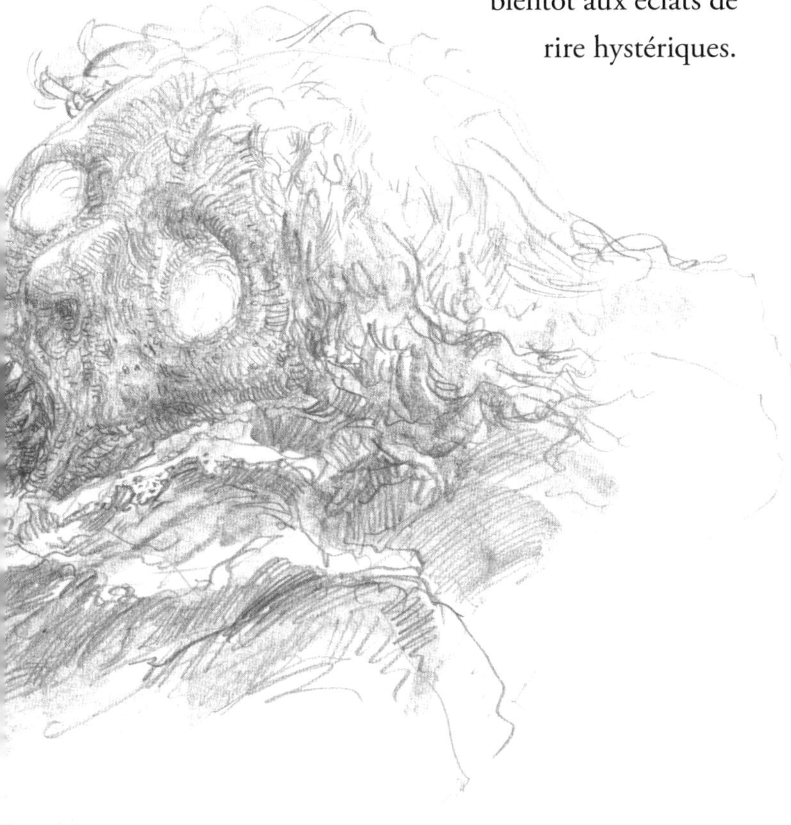

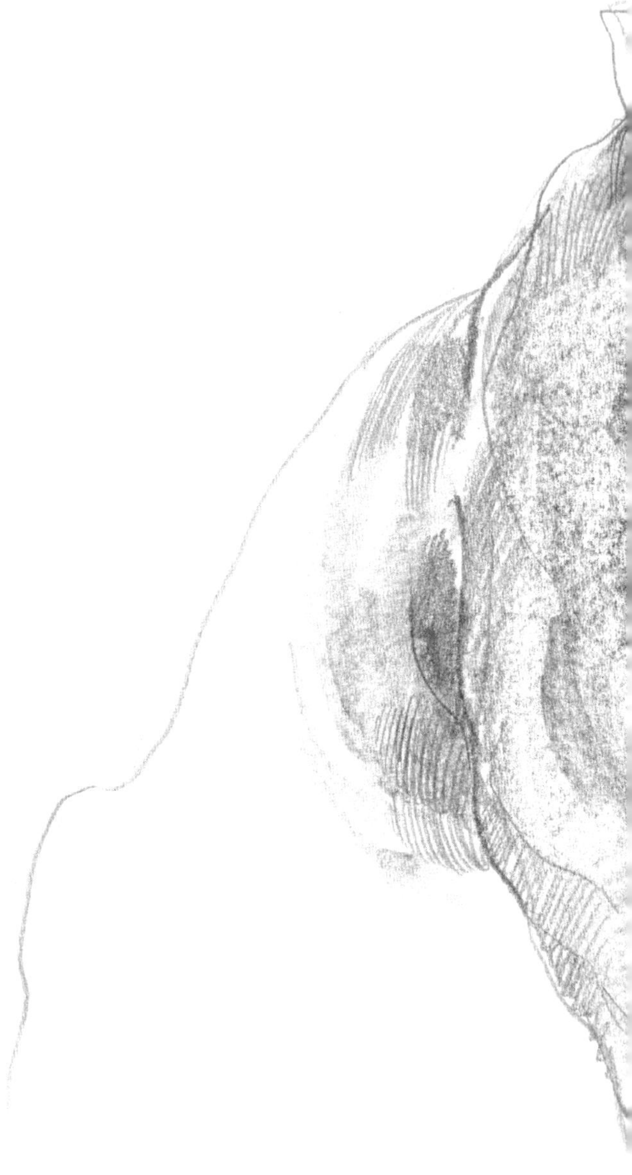

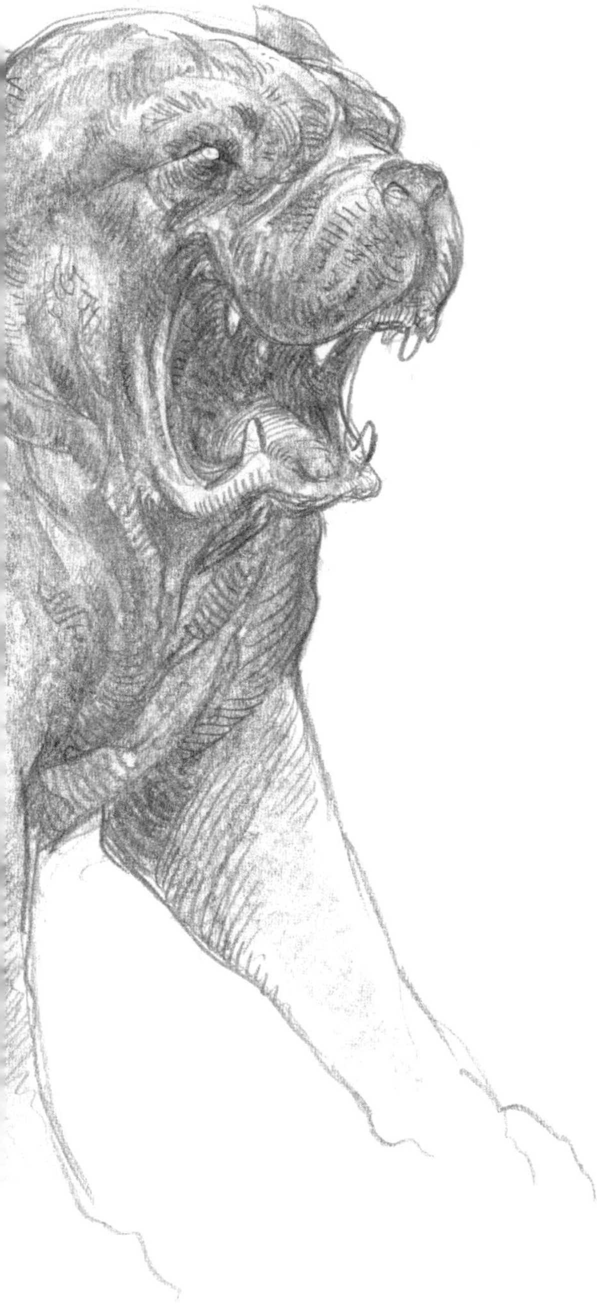

La folie chevauche le vent stellaire… ses griffes et crocs aiguisés par des siècles de cadavres… dégoulinante de mort, à cheval sur une bacchanale de chauves-souris, jaillie des ruines noires comme la nuit des temples à la gloire de Bélial… À présent que les aboiements de ce monstre mort et squelettique se rapprochent, que j'entends les vrombissements et battements furtifs de ses ailes membraneuses, je vais chercher dans la balle de mon revolver l'oubli qui, seul, me permettra de rester hors d'atteinte de l'innommable.

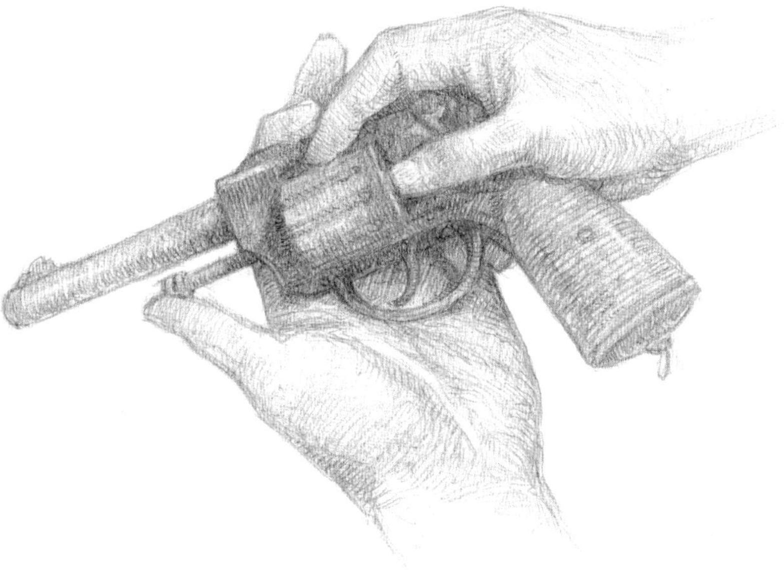

D'ESTHÉTIQUES EFFROIS

/// PAR ARMEL GAULME ///

Je me souviens qu'un jour je fis une liste des nouvelles de Lovecraft que j'envisageais d'illustrer, et que « Le Molosse » n'y figurait pas, du moins parmi les toutes premières. Je ne saurais pas vraiment expliquer pourquoi je ne l'avais pas retenue, ceci dit ; peut-être simplement parce que j'étais resté sur une simple histoire de chien démoniaque, ou plus certainement parce que je pensais alors en premier lieu aux textes situés en Nouvelle-Angleterre, a priori plus emblématiques de l'univers lovecraftien.

Quand j'ai relu le texte, je me suis rendu compte à quel point il était au contraire riche de ce qui fait l'atmosphère typiquement lovecraftienne qui me plaît tant. Et, pour être plus précis, riche de ce que j'aime dessiner chez H.P.L. (et dessiner tout court, j'avoue). Autant les nouvelles se déroulant dans un Massachusetts maudit me donnent de très agréables frissons rien qu'à imaginer des décors de ponts couverts moussus et de villes portuaires s'émiettant sous l'effet d'une humidité qui semblerait ruisseler des planches, comme si les murs des bâtisses en ruine

Aquarelle signée Armel Gaulme.

étaient des éponges ensuquées dans un jus mortifère, autant il apparaît que, dans certaines des nouvelles qui me plaisent le plus (je pense notamment au très court et onirique « Night Ocean », écrit en collaboration avec Robert Barlow), il me serait difficile de trouver un matériau aussi foisonnant à dessiner que le livre que vous tenez entre vos mains, et qui, comme je le disais, me semblait jusqu'alors assez éloigné de ce qui m'attirait. Quelle erreur !

Mon éditeur a bien fait de me proposer ce texte, de m'encourager à le relire. Il y a tout dans cette nouvelle. Une pincée de *Necronomicon*, la nuit noire percée par des lanternes clandestines, des meurtres sauvages commis par une entité indéfinissable, des décors de cimetières profanés et de stèles renversées, la lande anglaise... et le musée. Le musée ! J'aurais pu consacrer une cinquantaine de pages au musée personnel des deux protagonistes. Si j'en avais le loisir, je dessinerais volontiers un compte rendu maniaque des archives de cet endroit imaginaire, à la manière de ce qu'Albert Laprade fit de ses relevés d'architecture. Je ferais le détail des vitrines qui le composent, j'en calerais les pièces exposées au millimètre. Il m'est arrivé de me réveiller la nuit en ayant rêvé de vitrines de musée remplies d'objets que j'avais imaginés. Tout y était positionné avec précision, tout y était décrit sur de petites étiquettes : époque, lieu, nature de l'objet, etc. Je regrette tant de ne pouvoir les créer réellement, de ne pas avoir le talent pour fabriquer ces trésors, les patiner, les utiliser, les user suffisamment

Recherche de couverture par Armel Gaulme, plume et encre de Chine.

pour leur donner un caractère authentique. Rien ne vaut pour moi une vitrine remplie d'objets dont je sais qu'ils ont été manipulés plusieurs centaines, voire milliers d'années plus tôt, qu'ils sont « vrais », que des personnes, un temps donné, les ont véritablement utilisés. J'aime ce qui « fait vrai », même quand ça ne l'est pas. Aucune des idoles, aucun des artéfacts qui décorent les pages de ce Carnet Lovecraft n'existe en soi, aucun n'est la copie d'une forme que l'on aurait pu photographier quelque part dans le monde, mais tous sont inspirés de la réalité.

Enfant, je suis beaucoup allé au musée de l'Homme, plus tard au musée du Quai Branly, et j'ai toujours rêvé de parcourir un musée ethnographique rempli du sol au plafond d'artéfacts en tous genres, d'armes rudimentaires, d'instruments agraires, de statuettes et de costumes intrigants. Je possède aujourd'hui encore dans une vitrine un très joli modèle réduit du fétiche arumbaya de *L'Oreille cassée*, dont j'avais reproduit à la main, vers l'âge de 10 ans, le petit cartel figurant dans l'album de Tintin. Quand je visite un musée, et que ces départements existent, je suis toujours à la recherche des collections d'antiques et d'ethnologie. J'aime le dessin, la peinture, mais donnez-moi un bric-à-brac de morceaux de statues anciennes et je serai heureux. Je me rappelle ainsi avoir visité le musée d'Angoulême avec des amis dessinateurs de bandes dessinées lors d'une superbe exposition consacrée à Richard Corben ; mais en parcourant mes photos après coup je me suis rendu compte, comme de bien entendu,

Aquarelle signée Armel Gaulme.

qu'elles donnaient surtout à voir mes amis, d'une part, et des objets des sections ethnographiques et archéologiques, d'autre part. Un crâne à l'occiput béant, retrouvé lors de fouilles angoumoisines, a d'ailleurs inspiré la couverture du troisième Carnet Lovecraft, « Les Rats dans les murs ». Il m'avait proprement fasciné.

Le musée imaginaire de Saint-John et de notre narrateur sans nom a été la pierre angulaire de mon approche graphique pour ce livre. Les deux personnages forment un duo d'esthètes décadents, leur collection l'atteste. Les références à Huysmans, à Baudelaire et aux préraphaélites posent les bases d'une esthétique propre à ce texte, un peu différente des récits précédents de la collection. Au sujet de ma technique de dessin, il n'y a souvent pas grand-chose à dire. J'achète des crayons très gras, un carnet ou un bloc de papier et je me lance. Quand il faut, je gomme, plutôt à la mie de pain. Quand il faut tailler la mine, j'utilise un cutter ou une râpe. Cela n'a rien d'une « cuisine » très élaborée. Les planches en elles-mêmes se composent relativement toutes seules, de façon spontanée. Une forme en appelle une autre, et ainsi de suite. Si bien que, d'ordinaire, je travaille tous les dessins sur le même type de papier, une feuille très lisse, que je peux couvrir de larges masses homogènes de graphite, avant de griffer par-dessus avec une pointe de crayon très taillée, comme s'il s'agissait d'un clou de graveur : une technique qui partage beaucoup avec la combinaison d'aquatinte légère et d'eau-forte que j'ai pu pratiquer en gravure taille-douce.

Pour ce livre, j'ai choisi de diviser la technique de dessin en deux catégories : 1/ les croquis détourés qui composent l'essentiel des planches, mis en place sur le papier habituel ; 2/ les dessins plus « narratifs », cadrés dans des formats rectangulaires tous aux mêmes proportions. Ces derniers furent exécutés sur un papier un peu plus grainé, sur lequel la marque du crayon se trouvait discrètement voilée par la texture de la feuille, ajoutant un degré de flou, d'incertitude dans l'image. Dans un souci d'esthétique lié à la nature de ces deux personnages, je voulais que ces dessins puissent évoquer les photographies pictorialistes de la fin du XIXe siècle, en particulier celles publiées dans les premiers numéros de la revue *Camera Work*, sous la direction d'Alfred Stieglitz. En relisant le livre, en prenant mes premières notes, il m'a semblé évident que je ne pouvais pas passer à côté de cet esprit-là. Ce mélange d'imagerie nocturne, de vapeurs, de brume et de silhouettes parfois à peine esquissées, ce goût pour l'opacité poétique de la nuit, je ne voyais pas comment ne pas y puiser une inspiration pour « Le Molosse ».

Quant à la créature, cette entité réveillée par nos deux pilleurs de tombes, je l'ai voulue elle aussi indéfinie, multiple. Existe-t-elle sous forme animale ? L'imagination des personnages leur joue-t-elle des tours ? La voit-on jamais ? J'ai proposé plusieurs figurations de cette créature plutôt qu'une seule pour appuyer ces idées. Comment pourrait-on affirmer avec certitude que ce molosse de cauchemar ressemblerait à ceci plutôt qu'à cela ? J'aime imaginer qu'on pourrait lui attribuer plusieurs apparences. Je me permets ici un petit pas de côté : dans son roman *Substance mort*, Philip K. Dick invente un costume qu'il appelle le « complet brouillé », une sorte de veste avec cagoule sur lesquels serait projetée une multitude de visages diffusés en continu, si bien que l'identité de celui qui porte ce « complet » serait rendue indéchiffrable sous l'accumulation de physionomies superposées tournant en boucle. Je ne suis pas allé aussi loin pour le chien du « Molosse », car j'aime malgré tout les dessins bien « posés ». Mais je suis séduit par l'idée que les choses ne soient pas toujours certaines, absolues, que plusieurs interprétations pourraient être proposées. Que toutes nos perceptions seraient soumises à nos propres biais. Qu'on verrait avant tout dans l'altérité ce qui vient de soi-même. ///

Recherche autour du Molosse signée Armel Gaulme,
mélange de crayonné et de plume et encre de Chine.

RETROUVEZ TOUS

LES CARNETS LOVECRAFT

DAGON

2017

/// EXTRAIT ///

LES CARNETS LOVECRAFT : DAGON

RETROUVEZ TOUS

LES CARNETS LOVECRAFT

La Cité sans Nom

2018

/// EXTRAIT ///

LES CARNETS LOVECRAFT : LA CITÉ SANS NOM

RETROUVEZ TOUS

LES CARNETS LOVECRAFT

Les Rats Dans Les Murs

MMXX

/// EXTRAIT ///

LES CARNETS LOVECRAFT : LES RATS DANS LES MURS

Aquarelle pour *Les Carnets Lovecraft : Dagon*
signée Armel Gaulme

Aquarelle pour *Les Carnets Lovecraft : Les Rats dans les murs*
signée Armel Gaulme

« Pour Piéric et Olivier ».

Armel